Pirus • Dionnet

# ROSE PROFOND

## Une aventure de Malcom

*Couleurs de Véronique DOREY*

l'Echo des Savanes/Albin Michel

22, rue Huyghens 75014 Paris
ISBN 2-226-03559-1

Cet album a été achevé d'imprimer en février 1989
sur les Presses de l'Imprimerie AUBIN à Ligugé, pour la SEFAM.
N° d'édition : 9952 – Dépôt légal : mars 1989

# Chapitre 1

LA NUIT EST DOUCE ET LES BRUITS SONT FEUTRÉS... TOUT LE MONDE, OU PRESQUE, DORT PAISIBLEMENT AU PAYS ROSE.
MAIS NOUS VOICI DEVANT LA MAISON DE MALCOLM, MALCOLM LE RAT, MALCOLM LA STAR, MALCOLM L'AMI DES ENFANTS, MALCOLM L'AMOUREUX ÉTERNEL DE MIMI, MALCOLM L'ENNEMI SEMPITERNEL DE CROTELLA...
DORS, TRÈS CHER MALCOLM... DORS BIEN, ET PRENDS DES FORCES, CAR DEMAIN EST UN AUTRE JOUR...

S 3 10 17 24
D 4 11 18 25

OH !!
BEN ÇA ALORS !!

QU'EST C'QUI M'VAUT L'HONNEUR, LES AMIS ?!
L'HONNEUR, MALCOLM ! L'HONNEUR EST LE MOT JUSTE ! AUJOURD'HUI EST UN JOUR GRAND, POUR TOI COMME POUR NOUS, CAR NOUS ALLONS FÊTER TES CINQUANTE ANS DE MAISON, MALCOLM !!
CINQUANTE ANNÉES AU SERVICE DU PAYS ROSE ! UN RECORD ABSOLU ! TON RECORD, MALCOLM !!
JE L'SAVAIS DÉJÀ : C'ÉTAIT ÉCRIT SUR LE DIPLÔME TOUT DORÉ QU'EST TOMBÉ DU CHAPEAU QU'ÉTAIT DANS LE PANIER DE C'MATIN !
QU'EST CE QUE J'SUIS CENSÉ FAIRE ?!
RIEN !! VA PLUTÔT TE PROMENER PENDANT QUE NOUS ARRANGEONS TA MAISON POUR LA CÉRÉMONIE DE CE SOIR, MALCOLM !
PARDON, MALCOLM !
ATTENTION, MALCOLM !
GAFFE, MALCOLM !
EXCUSE-MOI, MALCOLM !
TES PIEDS, MALCOLM !
BON, BEN... J'CROIS QUE J'VAIS ALLER ME PROMENER, MOI...

SALUT, MALCOLM !
BONJOUR, MALCOLM !
HÉ, MALCOLM !
LA PÊCHE, MALCOLM !
T'AS INTERÊT À ÊTRE EN FORME, CE SOIR, MALCOLM !
HAUT LES CŒURS, MALCOLM !
VIVE MALCOLM ! VIVE MOI !!
APPROCHE DONC, MALCOLM ! N'AIE PAS PEUR ! JE TE MANGERAI PAS, JE VEUX JUSTE T'OFFRIR UN VERRE...
PAS D'EMBROUILLES ? PAS DE BLAGUES MÉCHANTES ? PAS DE FARCES CRUELLES ?!
MAIS NON, MAIS NON !
JE VEUX SIMPLEMENT ÊTRE LA PREMIÈRE À T'OFFRIR À BOIRE EN CE JOUR TRÈS SPÉCIAL...
J'AI JUSTEMENT REÇU UN PETIT VIN DE NOIX...
CROTELLA
HIPS !!

TIENS?! MALCOLM QUI SORT DE CHEZ CROTELLA
MALCOLM!! PAR ICI !
À L'EAU
À L'EAU
ÇA BOUME, MALCOLM ?
ON TE VOIT PAS SOUVENT PAR ICI D'HABITUDE !
MAL-COLM ! MAL-COLM! MAL-COLM!

MAIS LA NUIT S'APPROCHAIT SANS BRUIT, ET MALCOLM DUT RENTRER CHEZ LUI...
IL AURAIT BIEN VOULU QUE CETTE JOURNÉE, SA JOURNÉE, DURE, ÉTERNELLEMENT...
MAIS IL SAVAIT QUE C'ÉTAIT IMPOSSIBLE : ET QUE NOUS ALLONS TOUS, UN JOUR PRÉCIS, VERS LA CONCLUSION INÉVITABLE DU PLUS BEAU JOUR DE NOTRE VIE

VIENS GOÛTER À MA BIÈRE DE LYS, MALCOLM !

ATTENTION, MALCOLM ! TU BOIS TROP ! TU N'Y ES PAS HABITUÉ ! TU DEVRAIS FAIRE ATTENTION !

# Chapitre 2

ET CE SOIR LÀ, AU PAYS ROSE, CE FUT LA FÊTE...
ET TOUT LE MONDE ÉTAIT VENU POUR SALUER LE CINQUANTENAIRE DE MALCOLM...
DANS LE CIEL DE VELOURS, LES FONTAINES LUMINEUSES RIVALISAIENT AVEC LES FUSÉES INCANDESCENTES ET LE CHATOIEMENT DES ROUES CRÉPITANTES...
VINT LE BOUQUET : CE FUT INOUBLIABLE...

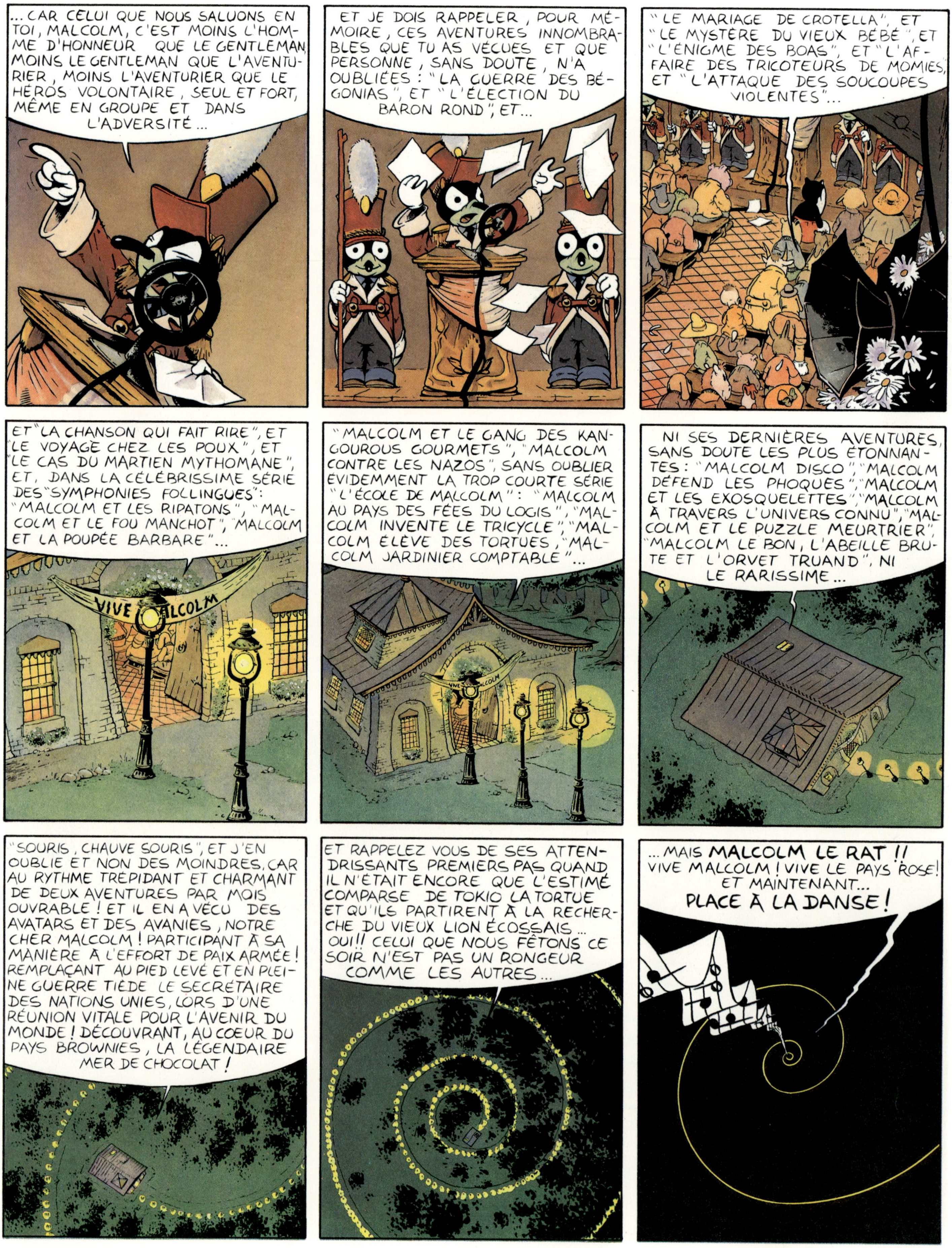
...CAR CELUI QUE NOUS SALUONS EN TOI, MALCOLM, C'EST MOINS L'HOMME D'HONNEUR QUE LE GENTLEMAN, MOINS LE GENTLEMAN QUE L'AVENTURIER, MOINS L'AVENTURIER QUE LE HÉROS VOLONTAIRE, SEUL ET FORT, MÊME EN GROUPE ET DANS L'ADVERSITÉ...
ET JE DOIS RAPPELER, POUR MÉMOIRE, CES AVENTURES INNOMBRABLES QUE TU AS VÉCUES ET QUE PERSONNE, SANS DOUTE, N'A OUBLIÉES : "LA GUERRE DES BÉGONIAS", ET "L'ÉLECTION DU BARON ROND", ET...
"LE MARIAGE DE CROTELLA", ET "LE MYSTÈRE DU VIEUX BÉBÉ", ET "L'ÉNIGME DES BOAS", ET "L'AFFAIRE DES TRICOTEURS DE MOMIES", ET "L'ATTAQUE DES SOUCOUPES VIOLENTES"...
ET "LA CHANSON QUI FAIT RIRE", ET "LE VOYAGE CHEZ LES POUX", ET "LE CAS DU MARTIEN MYTHOMANE", ET, DANS LA CÉLÉBRISSIME SÉRIE DES "SYMPHONIES FOLLINGUES" : "MALCOLM ET LES RIPATONS", "MALCOLM ET LE FOU MANCHOT", "MALCOLM ET LA POUPÉE BARBARE"...
"MALCOLM ET LE GANG DES KANGOUROUS GOURMETS", "MALCOLM CONTRE LES NAZOS", SANS OUBLIER ÉVIDEMMENT LA TROP COURTE SÉRIE "L'ÉCOLE DE MALCOLM" : "MALCOLM AU PAYS DES FÉES DU LOGIS", "MALCOLM INVENTE LE TRICYCLE", "MALCOLM ÉLÈVE DES TORTUES", "MALCOLM JARDINIER COMPTABLE"...
NI SES DERNIÈRES AVENTURES, SANS DOUTE LES PLUS ÉTONNANTES : "MALCOLM DISCO", "MALCOLM DÉFEND LES PHOQUES", "MALCOLM ET LES EXOSQUELETTES", "MALCOLM À TRAVERS L'UNIVERS CONNU", "MALCOLM ET LE PUZZLE MEURTRIER", "MALCOLM LE BON, L'ABEILLE BRUTE ET L'ORVET TRUAND", NI LE RARISSIME...
"SOURIS, CHAUVE SOURIS", ET J'EN OUBLIE ET NON DES MOINDRES, CAR AU RYTHME TRÉPIDANT ET CHARMANT DE DEUX AVENTURES PAR MOIS OUVRABLE ! ET IL EN A VÉCU DES AVATARS ET DES AVANIES, NOTRE CHER MALCOLM ! PARTICIPANT À SA MANIÈRE À L'EFFORT DE PAIX ARMÉE ! REMPLAÇANT AU PIED LEVÉ ET EN PLEINE GUERRE TIÈDE LE SECRÉTAIRE DES NATIONS UNIES, LORS D'UNE RÉUNION VITALE POUR L'AVENIR DU MONDE ! DÉCOUVRANT, AU CŒUR DU PAYS BROWNIES, LA LÉGENDAIRE MER DE CHOCOLAT !
ET RAPPELEZ VOUS DE SES ATTENDRISSANTS PREMIERS PAS QUAND IL N'ÉTAIT ENCORE QUE L'ESTIMÉ COMPARSE DE TOKIO LA TORTUE ET QU'ILS PARTIRENT À LA RECHERCHE DU VIEUX LION ÉCOSSAIS... OUI !! CELUI QUE NOUS FÊTONS CE SOIR N'EST PAS UN RONGEUR COMME LES AUTRES...
...MAIS MALCOLM LE RAT !! VIVE MALCOLM ! VIVE LE PAYS ROSE ! ET MAINTENANT... PLACE À LA DANSE !

TU VOIS, JE SUIS VENUE, MALCOLM !

BOIS DONC UN COUP, MON GARS !
MALCOLM, ARRÊTE UN PEU DE BOIRE !!
C'EST RIEN, J'SUIS JUSTE UN PEU BARBOUILLÉ... J'AI L'IMPRESSION QU'J'AI TROP MANGÉ AUJOURD'HUI... SI ON SORTAIT PREND' L'AIR DEUX MINUTES...
AH NON !! LAISSE TES MOUTONS POUR UNE FOIS !
C'EST D'ACCORD, MALCOLM, MAIS CALME-TOI UN PEU
TU... TU NE VEUX PAS QUE JE CONDUISE ?!
NAN! J'SUIS LE MEILLEUR CONDUCTEUR APRÈS BOLIDO JOE ! J'L'AI MÊME PRESQUE PRATIQU'MENT BATTU UNE FOIS !
ATTENTION !!
C'EST RIEN ! MALCOLM, IL A DES RÉFLEXES !
MAIS OÙ VA-T'ON ?!
DANS MON ENDROIT SECRET...

ATTENTION OÙ TU METS LES PIEDS, C'EST QU' C'EST... AAAAAAAAH!
MALCOLM, NE T'ACCROCHE PAS À MOI, TU VAS... AAAAAAH! OUILLE!
TU T'ES PAS FAIT DU MAL ?!
NON, PAS TROP... MAIS... QU'EST CE QUE TU FAIS ?!
J'TAIDE À TE REL'VER!
Y'A D'AUTRES MÉTHODES! LÂCHE-MOI DONC ET PUIS AUSSI: CESSE DE CRIER!!
AH BEN, PAR EXEMPLE! C'EST PAS MOI QUI A COMMENCÉ À CRIER!!
PARDONNE-MOI, MALCOLM, MAIS L'OBSCURITÉ ME REND NERVEUSE DEPUIS QUE JE SUIS TOUTE PETITE!
VOILÀ_.
ÇA VA MIEUX COMME ÇA ?!
C'EST... TRÈS JOLI, MALCOLM, MAIS NOUS DEVONS PARTIR...
MAIS POURQUOI ?
PARCE QUE!
MAIS C'EST MOI, LE HÉROS DE LA FÊTE!
JUSTEMENT, ILS DOIVENT TOUS NOUS ATTENDRE_. ALLONS-Y!
OK! ON Y VA!

JE T'AI DÉJÀ DIT QUE JE VOULAIS RENTRER ! ARRÊTE !!
MAIS J'ARRÊTE PAS D'ARRÊTER !
MAIS T'ARRÊTE PAS DE RECOMMENCER !
ALLEEEEZ, SOIS GENTILLE...
MALCOLM ! TU ME FAIS MAL !
T'AS QU'À TE LAISSER FAIRE, MERDE !
MAIS TU ES SAOUL, MALCOLM !! SAOUL ET... ET... ET GROSSIER !
OUI JE SUIS SAOUL ! POUR LA PREMIÈRE FOIS EN CINQUANTE ANS JE SUIS SAOUL ! ET SI TU VEUX SAVOIR... J'ADORE ÇA !!
ET TOI AUSSI TU VAS AIMER ÇA !!
AILLE ! MAIS TU M'AS FAIT MAL, MORUE ! ÇA, TU VAS L'PAYER...
ET ÇA SERA QU'UN HORS-D'ŒUVRE SI TU CONTINUES À PAS VOULOIR COMPRENDRE...
LE MOMENT EST VENU POUR TOI DE PASSER À LA CASSEROLE : ÇA FAIT CINQUANTE ANS QUE TU TORTILLES DU CUL, CINQUANTE ANS QUE J'TE RACCOMPAGNE CHEZ TOI ET QU'TU M'EMBRASSES SUR LE FRONT, AVANT DE M'FERMER CETTE PUTAIN D'PORTE SUR LA GUEULE !

NON ... MALCOLM ... PITIÉ ... LAISSE-MOI PARTIR ...
ESSAYE PAS DE FILER, SALOPE !
ET PUISQUE NOUS DEVONS NOUS MARIER UN JOUR ...
JE PRENDS UN ACOMPTE ...
... ET SANS DÉFLORER LA PUTAIN DE VIRGINITÉ À LAQUELLE TU SEMBLES TANT TENIR !
IL EST TROP TARD POUR T'ARRÊTER, MALCOLM TOUT À L'HEURE TU TE RENDRAS COMPTE QUE TU VIENS DE BRISER DEUX VIES...

# Chapitre 3

ET UN JOUR NOUVEAU SE LÈVE SUR LE PAYS ROSE_.
LE CINQUANTENAIRE DE MALCOLM TIRE À SA FIN...
JONATHAN LE HIBOU RENTRE CHEZ LUI...
PENDANT CE TEMPS, LA FÊTE S'ACHÈVE_.

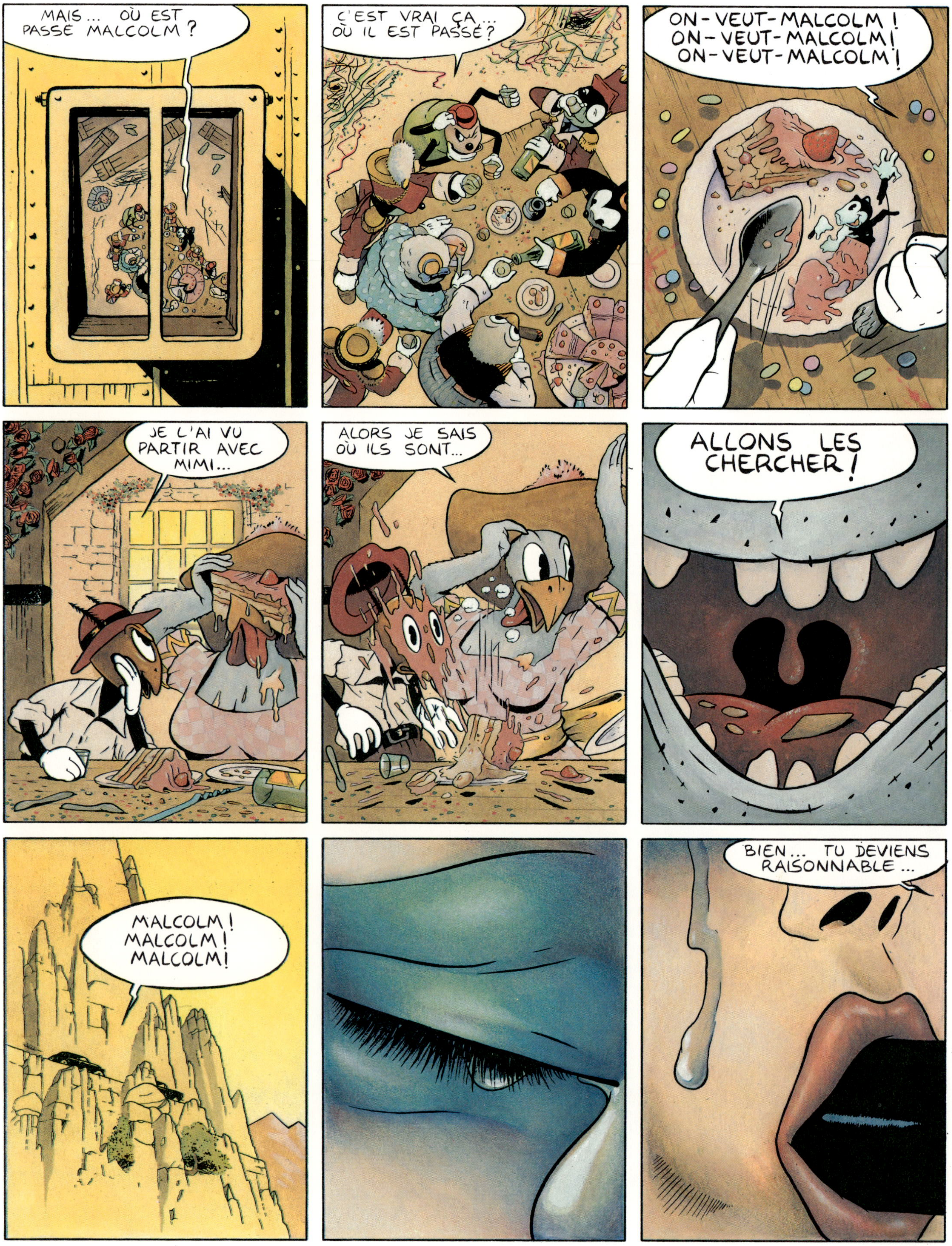
MAIS... OÙ EST PASSÉ MALCOLM ?
C'EST VRAI ÇA... OÙ IL EST PASSÉ ?
ON-VEUT-MALCOLM ! ON-VEUT-MALCOLM ! ON-VEUT-MALCOLM !
JE L'AI VU PARTIR AVEC MIMI...
ALORS JE SAIS OÙ ILS SONT...
ALLONS LES CHERCHER !
MALCOLM ! MALCOLM ! MALCOLM !
BIEN... TU DEVIENS RAISONNABLE...

ON AURAIT ÉVITÉ BIEN DES DÉSAGRÉMENTS SI TU AVAIS COMPRIS PLUS TÔT...
ET MAINTENANT PLUS DE BRUIT... NOUS ALLONS LEUR FAIRE UNE SURPRISE...
CHUT !

CE QUE TU AS FAIT, MALCOLM, PERSONNE NE L'AVAIT FAIT AVANT...

AU PAYS ROSE, IL N'Y A PAS DE PUNITIONS PRÉVUES POUR TOI, ET NOUS N'AVONS PAS ENVIE D'EN TROUVER... NOUS TE CONDAMNONS DONC...

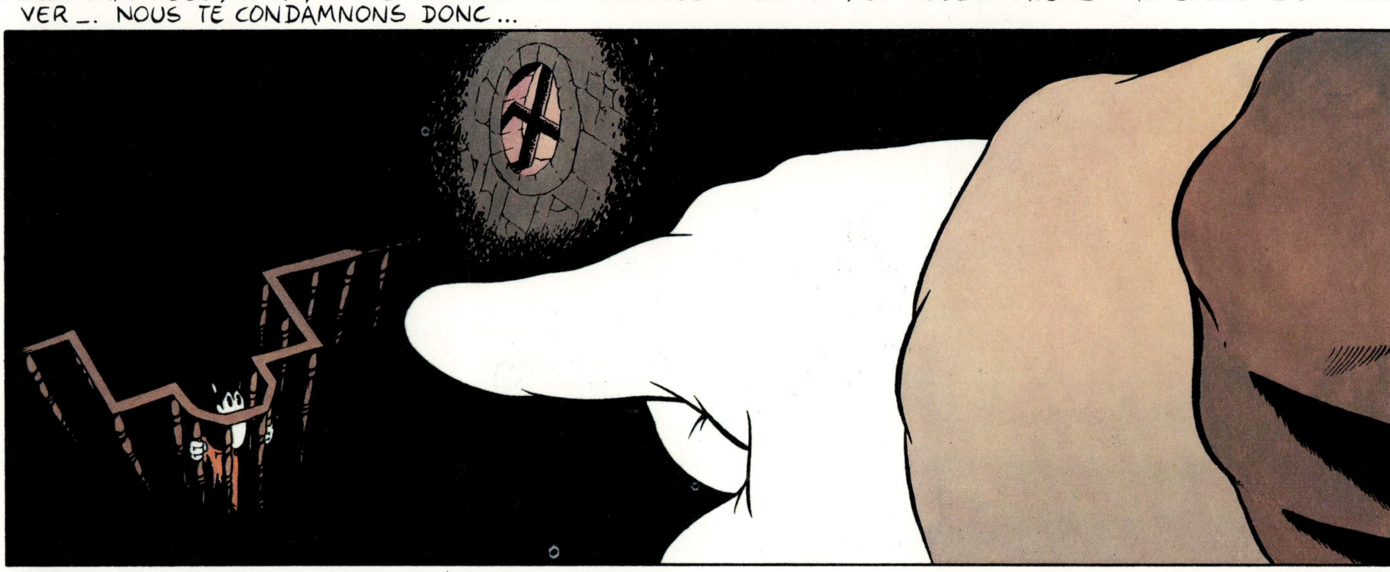

AU BANNISSEMENT, C'EST-À-DIRE À QUITTER LE PAYS ROSE POUR N'Y PLUS JAMAIS REVENIR...

ET MALCOLM PRIT LA ROUTE_.
ET IL MARCHA, MARCHA, MARCHA, LONGTEMPS, LONGTEMPS, LONGTEMPS...
IL NE CROYAIT PLUS À RIEN, MAIS AU MOINS ÇA L'OCCUPAIT_.

?!
MALCOLM 15
contre
LES NAZOS
C'EST LA MAISON DE MALCOLM QU'ILS CASSENT, MAMAN?
OUI, MA CHÉRIE !
IL EST OÙ, MALCOLM?
IL EST PARTI HABITER AILLEURS...
TOUT ÇA C'EST TA FAUTE, TU L'AS BIEN CHERCHÉ, MALCOLM...

# Chapitre 4

APRÈS LE TERRIBLE DRAME QUI OCCASIONNA LE DÉPART FORCÉ DE MALCOLM, LE PAYS ROSE REPRIT VIE PEU À PEU.
MAIS MIMI AVAIT DU MAL À SE REMETTRE...

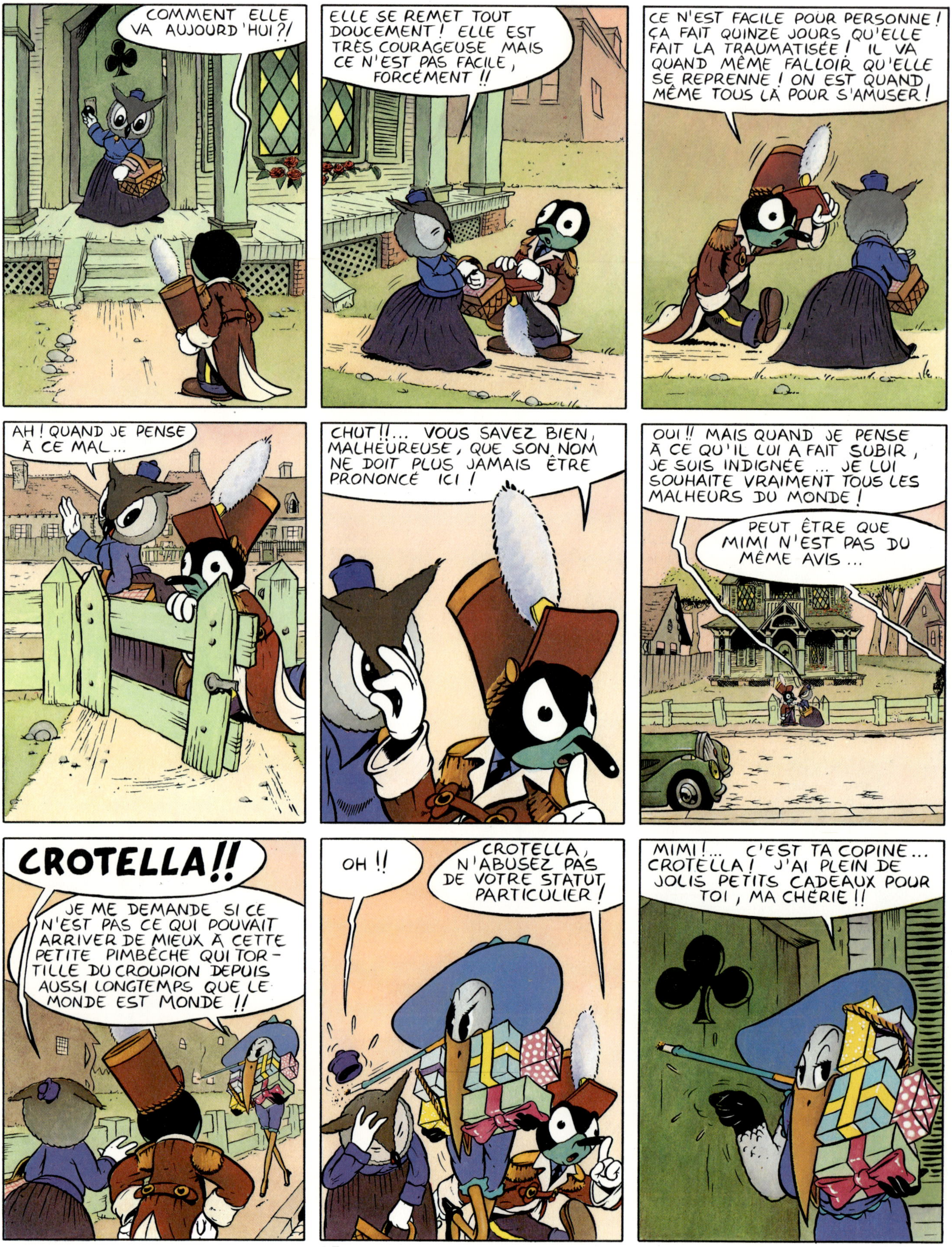
COMMENT ELLE VA AUJOURD'HUI ?!
ELLE SE REMET TOUT DOUCEMENT ! ELLE EST TRÈS COURAGEUSE MAIS CE N'EST PAS FACILE, FORCÉMENT !!
CE N'EST FACILE POUR PERSONNE ! ÇA FAIT QUINZE JOURS QU'ELLE FAIT LA TRAUMATISÉE ! IL VA QUAND MÊME FALLOIR QU'ELLE SE REPRENNE ! ON EST QUAND MÊME TOUS LÀ POUR S'AMUSER !
AH ! QUAND JE PENSE À CE MAL...
CHUT !!... VOUS SAVEZ BIEN, MALHEUREUSE, QUE SON NOM NE DOIT PLUS JAMAIS ÊTRE PRONONCÉ ICI !
OUI !! MAIS QUAND JE PENSE À CE QU'IL LUI A FAIT SUBIR, JE SUIS INDIGNÉE ... JE LUI SOUHAITE VRAIMENT TOUS LES MALHEURS DU MONDE !
PEUT ÊTRE QUE MIMI N'EST PAS DU MÊME AVIS...
CROTELLA !!
JE ME DEMANDE SI CE N'EST PAS CE QUI POUVAIT ARRIVER DE MIEUX À CETTE PETITE PIMBÊCHE QUI TORTILLE DU CROUPION DEPUIS AUSSI LONGTEMPS QUE LE MONDE EST MONDE !!
OH !!
CROTELLA, N'ABUSEZ PAS DE VOTRE STATUT PARTICULIER !
MIMI !... C'EST TA COPINE... CROTELLA ! J'AI PLEIN DE JOLIS PETITS CADEAUX POUR TOI, MA CHÉRIE !!

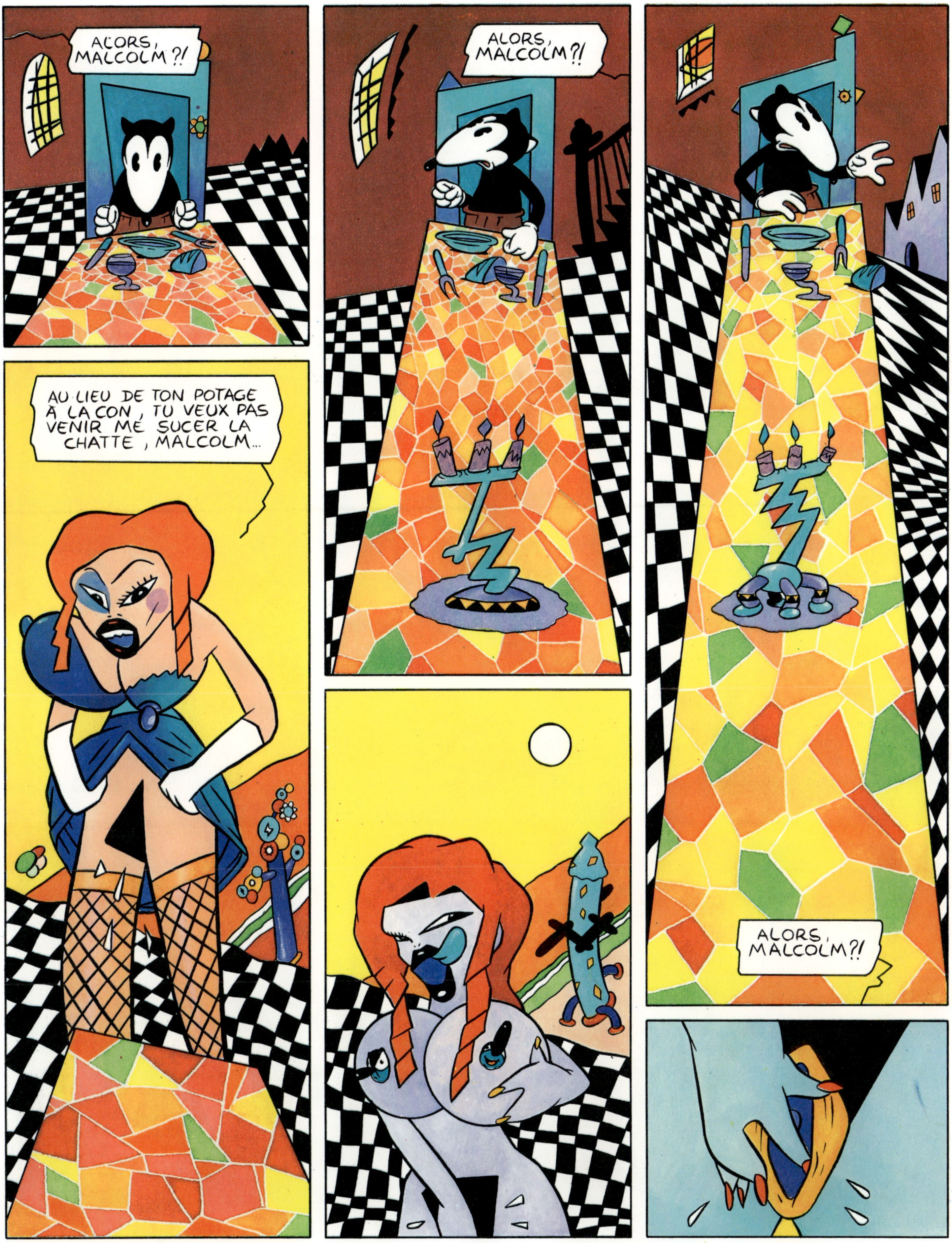
ALORS, MALCOLM ?!
ALORS, MALCOLM ?!
AU LIEU DE TON POTAGE À LA CON, TU VEUX PAS VENIR ME SUCER LA CHATTE, MALCOLM...
ALORS, MALCOLM ?!

ALORS, MALCOLM, QU'EST-CE QUE T'EN DIS ?!
À MOINS QUE TU NE PRÉFÈRES LA QUEUE ?!
TU VEUX QUE JE T'ENCULE, MALCOLM ?
BAISE-MOI, MALCOLM !!
UN VERRE DE PISSE, MALCOLM ?

TIENS ! IL EST RÉVEILLÉ !
ÇA CONTINUE ! MON CAUCHEMAR CONTINUE !!
JE VEUX ME RÉVEILLER !
N'AYEZ PAS PEUR, AMI ! VOUS ÊTES SAUVÉ !
NOUS VOUS AVONS TROUVÉ INCONS-CIENT, PAR TERRE, ET RAMENÉ ICI !
EXACTEMENT !
AU PAYS GRIS !
AU PAYS GRIS ?!
AU PAYS GRIS, OÙ PERSONNE NE RIT ! AU PAYS GRIS, OÙ TOUT LE MONDE S'ENNUIE !

CHEZ NOUS PERSONNE NE JOUE, LES CLOWNS SONT SINISTRES ! CHEZ NOUS PERSONNE N'A D'SOUS, LES BÉBÉS SONT MINISTRES !
MAIS VOUS ALLEZ VOUS TAIRE !
CALMEZ-VOUS !
POP!
NOUS ALLONS VOUS EMMENER DEHORS !!
POP!
ET TOUT VOUS EXPLIQUER !!!
POP!
POP!
?
REGARDEZ, MALCOLM !

VOUS VENEZ DE LÀ-BAS, DU PAYS ROSE !!
ON VOUS A TROUVÉ LÀ... JUSTE SUR LA FRONTIÈRE !
ET ON VOUS A RAMENÉ CHEZ NOUS, ICI, AU PAYS GRIS !!

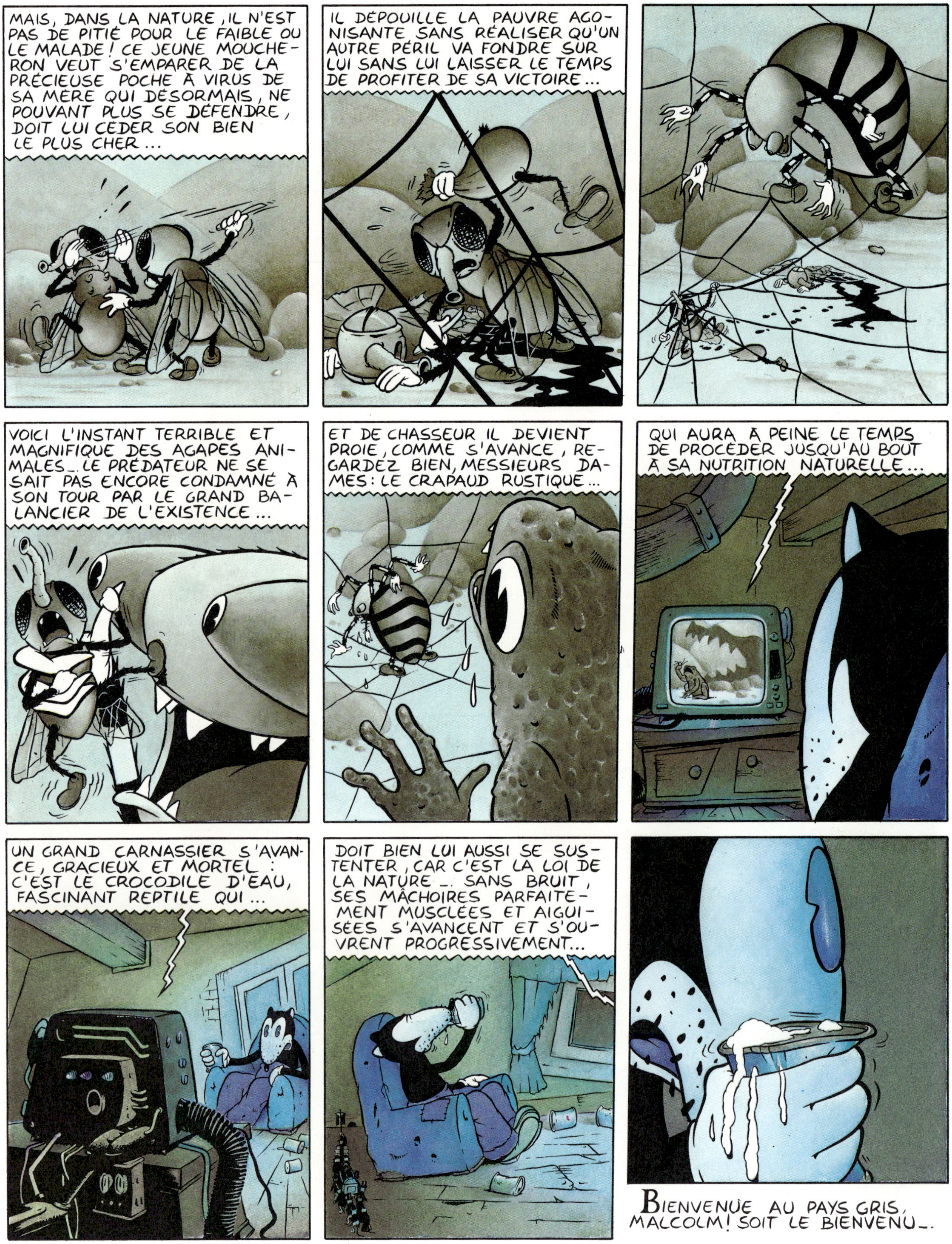
MAIS, DANS LA NATURE, IL N'EST PAS DE PITIÉ POUR LE FAIBLE OU LE MALADE! CE JEUNE MOUCHERON VEUT S'EMPARER DE LA PRÉCIEUSE POCHE À VIRUS DE SA MÈRE QUI DÉSORMAIS, NE POUVANT PLUS SE DÉFENDRE, DOIT LUI CÉDER SON BIEN LE PLUS CHER...
IL DÉPOUILLE LA PAUVRE AGONISANTE SANS RÉALISER QU'UN AUTRE PÉRIL VA FONDRE SUR LUI SANS LUI LAISSER LE TEMPS DE PROFITER DE SA VICTOIRE...
VOICI L'INSTANT TERRIBLE ET MAGNIFIQUE DES AGAPES ANIMALES... LE PRÉDATEUR NE SE SAIT PAS ENCORE CONDAMNÉ À SON TOUR PAR LE GRAND BALANCIER DE L'EXISTENCE...
ET DE CHASSEUR IL DEVIENT PROIE, COMME S'AVANCE, REGARDEZ BIEN, MESSIEURS DAMES: LE CRAPAUD RUSTIQUE...
QUI AURA À PEINE LE TEMPS DE PROCÉDER JUSQU'AU BOUT À SA NUTRITION NATURELLE...
UN GRAND CARNASSIER S'AVANCE, GRACIEUX ET MORTEL : C'EST LE CROCODILE D'EAU, FASCINANT REPTILE QUI...
DOIT BIEN LUI AUSSI SE SUSTENTER, CAR C'EST LA LOI DE LA NATURE... SANS BRUIT, SES MÂCHOIRES PARFAITEMENT MUSCLÉES ET AIGUISÉES S'AVANCENT ET S'OUVRENT PROGRESSIVEMENT...
BIENVENUE AU PAYS GRIS, MALCOLM! SOIT LE BIENVENU...

# Chapitre 5

C'EST AINSI QU'AILLEURS ON DÉCRIT L'ENFER, MAIS POUR LES HABITANTS DU PAYS GRIS, C'EST JUSTE LA VIE DE TOUS LES JOURS_.
9537 MAINS POUSSENT 5000 CHARIOTS ROUILLÉS LE LONG DE PENTES À 30%_. LE TRAVAIL EST DUR, MAIS BIEN RÉTRIBUÉ ET LES TUBERCULEUX ESCAMOTENT LEURS GLAIRES SANGLANTS, DE PEUR D'ÊTRE RÉTROGRADÉS AU TRIAGE_.

MALCOLM ?! MALCOLM ?!
AH !! IL EST LÀ !
DORMANT, COMME D'HABITUDE...
RÉVEILLONS-LE !
MAIS QU'EST-CE QUE VOUS M'VOULEZ ENCORE ?!
QUE TU TRAVAILLES POUR GAGNER TON DÎNER !!
MAIS REGARDEZ ÇA !!
LAISSONS-LE DORMIR ET ALLONS AU CAFÉ POUR NOUS DÉSALTÉRER...
HÉ, LES AMIS !! FAUT M'ATTENDRE !

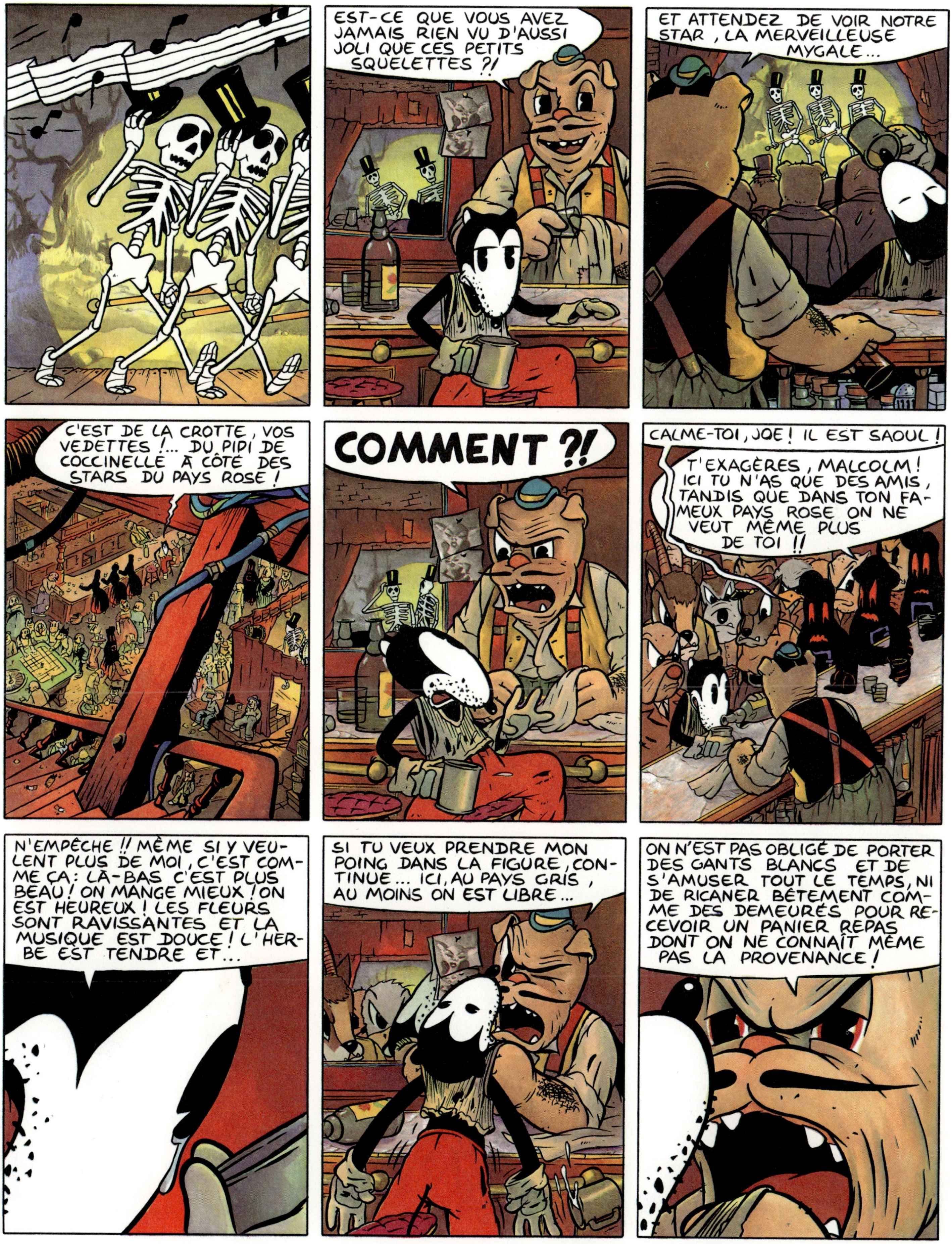
EST-CE QUE VOUS AVEZ JAMAIS RIEN VU D'AUSSI JOLI QUE CES PETITS SQUELETTES ?!
ET ATTENDEZ DE VOIR NOTRE STAR, LA MERVEILLEUSE MYGALE...
C'EST DE LA CROTTE, VOS VEDETTES !... DU PIPI DE COCCINELLE À CÔTÉ DES STARS DU PAYS ROSE !
COMMENT ?!
CALME-TOI, JOE ! IL EST SAOUL !
T'EXAGÈRES, MALCOLM ! ICI TU N'AS QUE DES AMIS, TANDIS QUE DANS TON FAMEUX PAYS ROSE ON NE VEUT MÊME PLUS DE TOI !!
N'EMPÊCHE !! MÊME SI Y VEULENT PLUS DE MOI, C'EST COMME ÇA : LÀ-BAS C'EST PLUS BEAU ! ON MANGE MIEUX ! ON EST HEUREUX ! LES FLEURS SONT RAVISSANTES ET LA MUSIQUE EST DOUCE ! L'HERBE EST TENDRE ET...
SI TU VEUX PRENDRE MON POING DANS LA FIGURE, CONTINUE... ICI, AU PAYS GRIS, AU MOINS ON EST LIBRE...
ON N'EST PAS OBLIGÉ DE PORTER DES GANTS BLANCS ET DE S'AMUSER TOUT LE TEMPS, NI DE RICANER BÊTEMENT COMME DES DEMEURÉS POUR RECEVOIR UN PANIER REPAS DONT ON NE CONNAÎT MÊME PAS LA PROVENANCE !

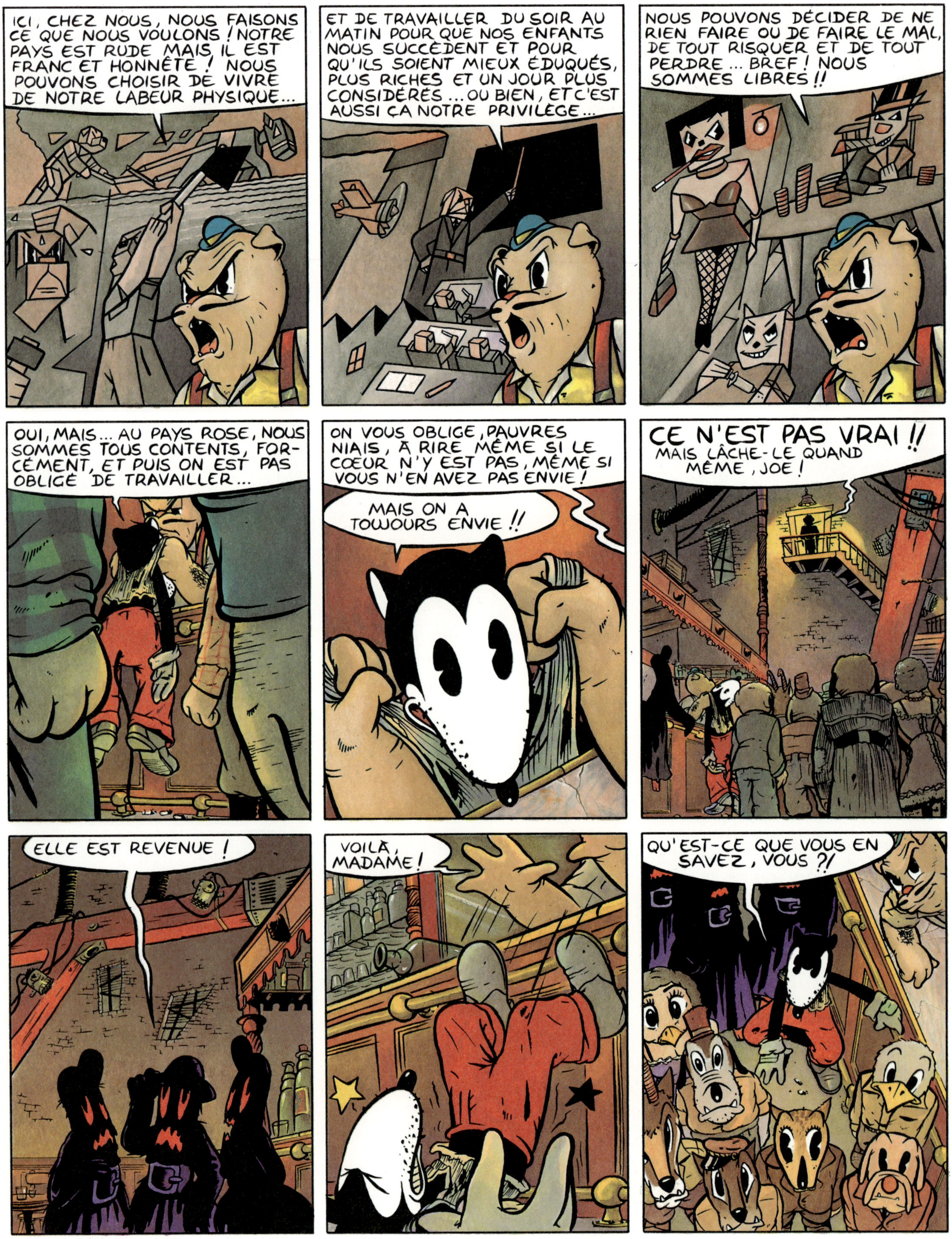
ICI, CHEZ NOUS, NOUS FAISONS CE QUE NOUS VOULONS ! NOTRE PAYS EST RUDE MAIS IL EST FRANC ET HONNÊTE ! NOUS POUVONS CHOISIR DE VIVRE DE NOTRE LABEUR PHYSIQUE...
ET DE TRAVAILLER DU SOIR AU MATIN POUR QUE NOS ENFANTS NOUS SUCCÈDENT ET POUR QU'ILS SOIENT MIEUX ÉDUQUÉS, PLUS RICHES ET UN JOUR PLUS CONSIDÉRÉS ... OU BIEN, ET C'EST AUSSI ÇA NOTRE PRIVILÈGE...
NOUS POUVONS DÉCIDER DE NE RIEN FAIRE OU DE FAIRE LE MAL, DE TOUT RISQUER ET DE TOUT PERDRE ... BREF ! NOUS SOMMES LIBRES !!
OUI, MAIS... AU PAYS ROSE, NOUS SOMMES TOUS CONTENTS, FORCÉMENT, ET PUIS ON EST PAS OBLIGÉ DE TRAVAILLER...
ON VOUS OBLIGE, PAUVRES NIAIS, À RIRE MÊME SI LE CŒUR N'Y EST PAS, MÊME SI VOUS N'EN AVEZ PAS ENVIE !
MAIS ON A TOUJOURS ENVIE !!
CE N'EST PAS VRAI !!
MAIS LÂCHE-LE QUAND MÊME, JOE !
ELLE EST REVENUE !
VOILÀ, MADAME !
QU'EST-CE QUE VOUS EN SAVEZ, VOUS ?!

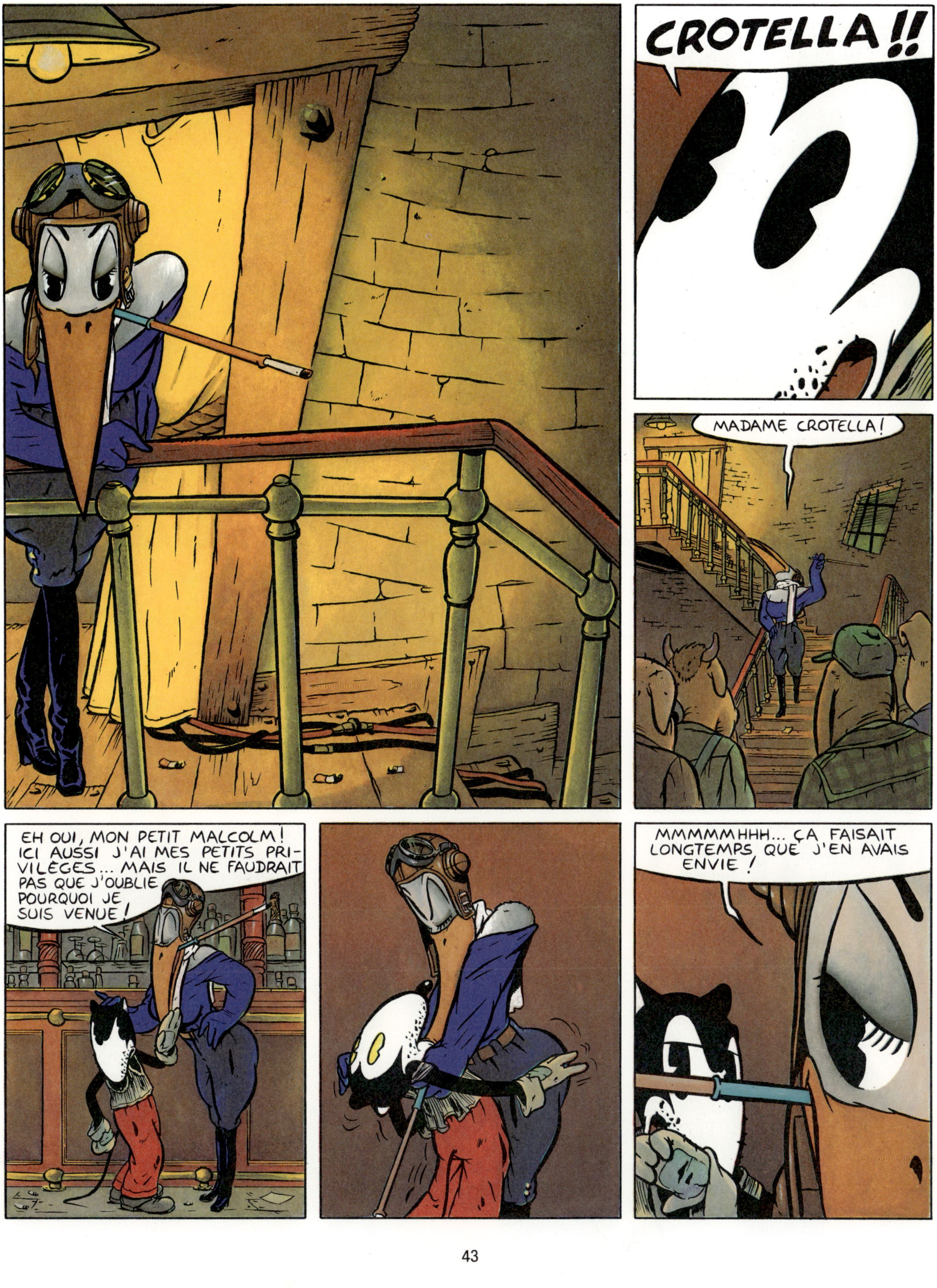
CROTELLA !!
MADAME CROTELLA !
EH OUI, MON PETIT MALCOLM ! ICI AUSSI J'AI MES PETITS PRIVILÈGES... MAIS IL NE FAUDRAIT PAS QUE J'OUBLIE POURQUOI JE SUIS VENUE !
MMMMMHHH... ÇA FAISAIT LONGTEMPS QUE J'EN AVAIS ENVIE !

ATTENDS - TOI, MALCOLM ...
À UNE PETITE SURPRISE ...
ÇA ALORS !

OOOOOOOHHHHH !!
AAAAAAAHHHHHH !!

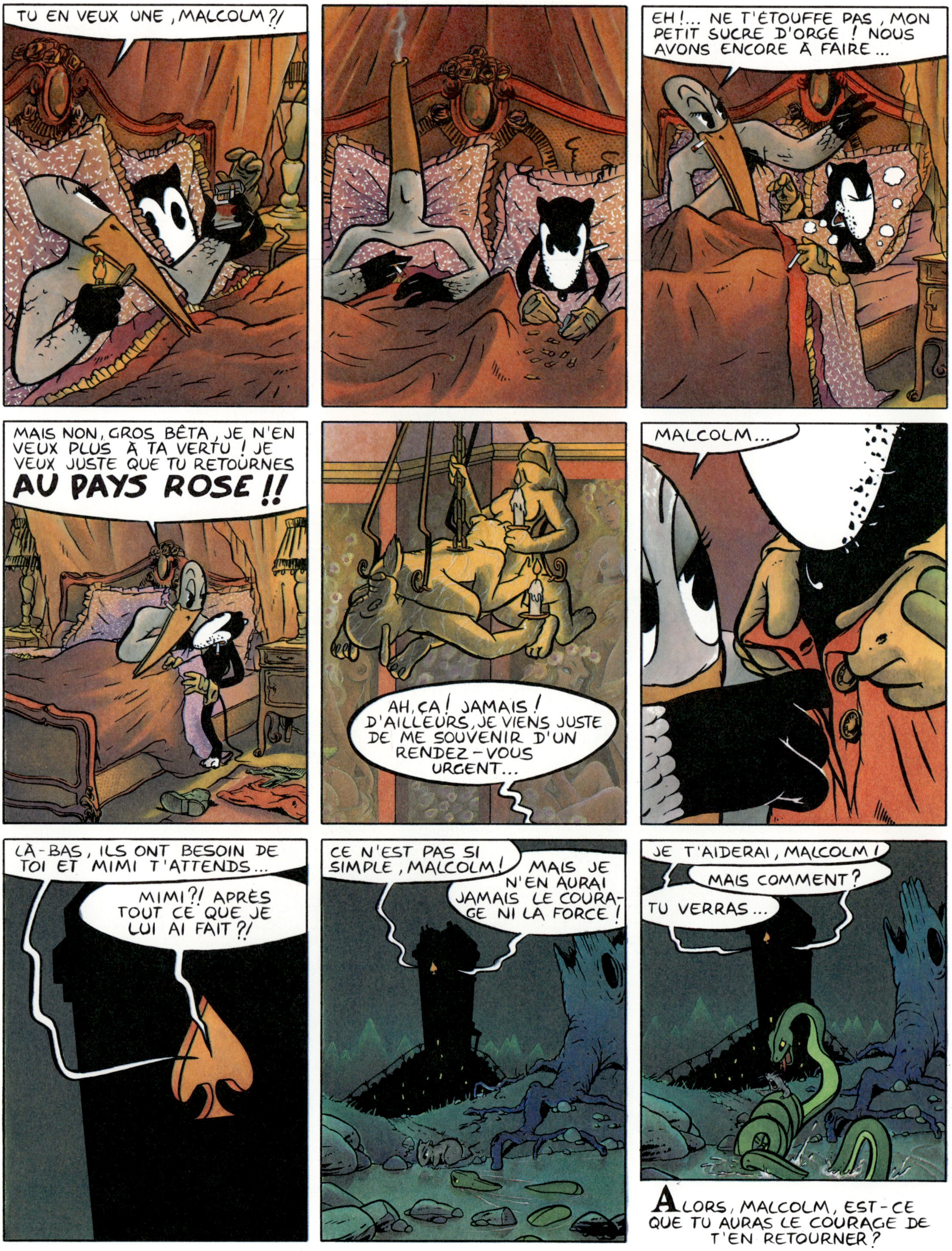


ALORS, MALCOLM, EST-CE QUE TU AURAS LE COURAGE DE T'EN RETOURNER?

# Chapitre 6

MALCOLM COMMENÇAIT À SE DEMANDER SI LES FEMMES NE LUI ÉTAIENT PAS DANGEREUSES... CHASSÉ DU PAYS ROSE À CAUSE DE MIMI, IL Y RETOURNAIT À CAUSE DE CROTELLA...
PLUS DE TERGIVERSATIONS, MALCOLM ! TU AS LA CARTE QUI T'INDIQUE LES PASSAGES NON GARDÉS, UNE BOUSSOLE, UN CANIF DE SURVIE ET DES CROQUETTES DE POISSON-CHAT LYOPHILISÉES : TOUT CE QU'IL FAUT POUR REPARTIR AU PAYS ROSE...
MAIS QU'EST-CE QUE ÇA REPRÉSENTE EXACTEMENT ?!

OUI, C'EST CROTELLA... JE VOULAIS VOUS SIGNALER QUE J'AI APPRIS PAR LE PLUS GRAND DES HASARDS, ET PENDANT MES VACANCES À LA MER, QUE MALCOLM ALLAIT ESSAYER DE RENTRER BIENTÔT...
BIEN REÇU ET MERCI, CROTELLA : NOUS SERONS VIGILANTS !!
MADAME CROTELLA, JE N'EN ATTENDAIS PAS MOINS DE VOUS ! CELA VOUS DÉSHONORE ! HA ! HA ! JE PRÉVIENS LES QUATRE...
À PROPOS, POURQUOI NE PASSERIEZ-VOUS PAS DEMAIN ?! NOUS POURRIONS ENVISAGER QUELQUES COCHONNERIES NOUVELLES...

AAAAAHHHH !!
JE SUIS LE FEU ET JE VAIS TE RÔTIR SI TU NE REBROUSSES PAS CHEMIN !
JE SUIS L'EAU ET JE CROIS BIEN QUE JE VAIS TE NOYER !

JE SUIS LA TERRE ET TU REPARTIRAS !
JE SUIS L'AIR ET JE VAIS TE RAMENER EN ARRIÈRE !
SAUVÉ !! J'Y CROYAIS PLUS !
ET TU AVAIS RAISON !!

HA! HA! HA! CES NIGAUDS D'ARBRES M'ONT CRU MORT POUR DE BON! LE VIEUX TRUC DU KETCHUP A ENCORE MARCHÉ! COMME DANS MON AVENTURE CONTRE LES NAZOS...
C'EST QUOI ÇA, MAMAN?!
CE N'EST RIEN, CHÉRI, C'EST UN RAT!
UN RAT?!
CHIC, UN NUAGE! J'AI PLUS QU'À ME LAISSER PORTER PAR LE VENT ET ATTENDRE LA PROCHAINE ONDÉE POUR DESCENDRE!
OH NON!
ALORS, LE RONGEUR...
ÇA FAISAIT LONGTEMPS QUE J'ATTENDAIS CET INSTANT...
GÉANT MOURMELON, J'VAIS ENCORE TE COLLER LA PÂTÉE!
HA! HA! HA! PAUVRE IDIOT! TU CROIS QUE TU M'AURAIS VAINCU SI ÇA N'AVAIT PAS ÉTÉ ÉCRIT DANS LE CONTRAT... MAIS MAINTENANT TU N'ES PLUS RIEN ET ON VA VOIR QUI VA VRAIMENT GAGNER...
LE CONTRAT?!
... À LA LOYALE!

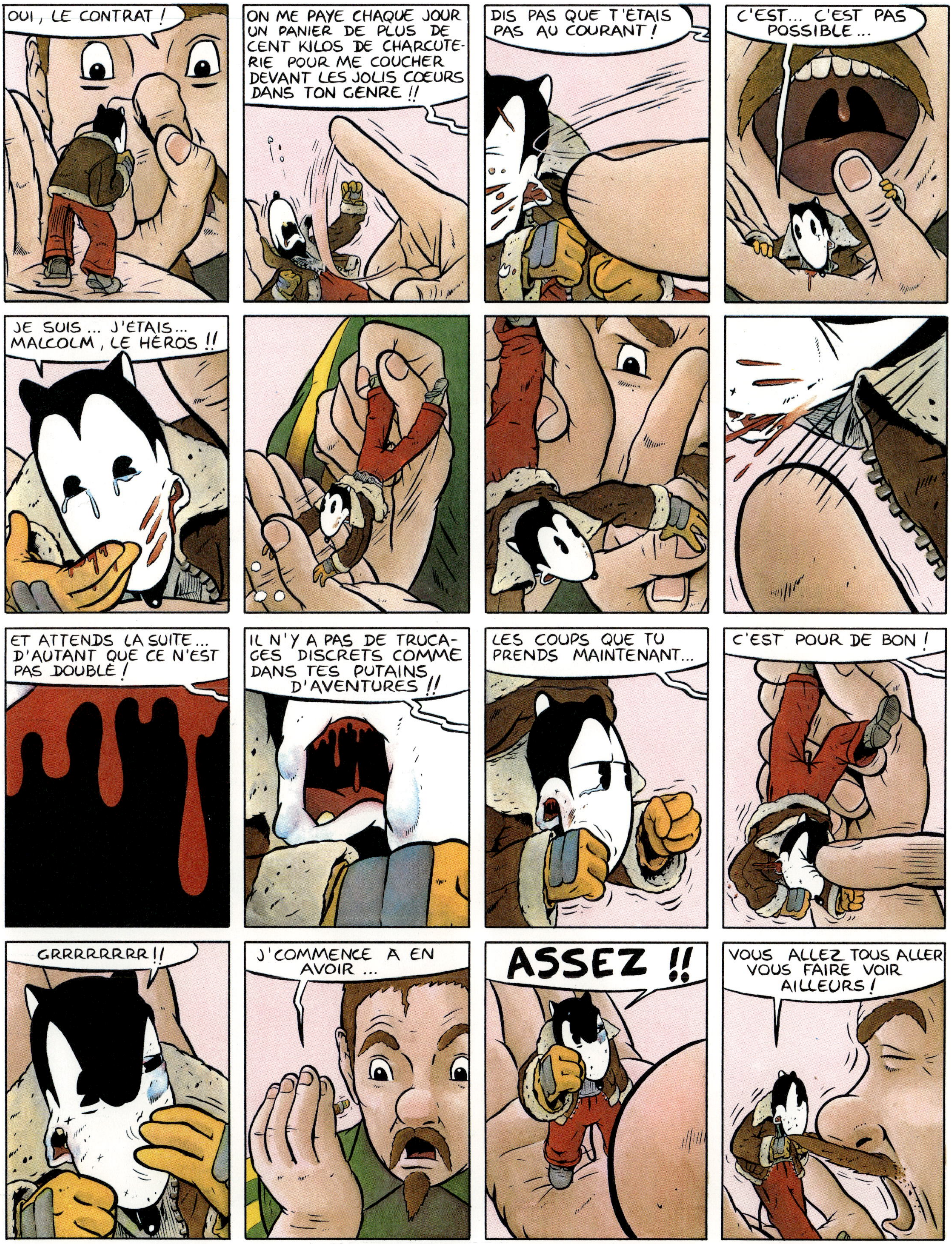
OUI, LE CONTRAT !
ON ME PAYE CHAQUE JOUR UN PANIER DE PLUS DE CENT KILOS DE CHARCUTERIE POUR ME COUCHER DEVANT LES JOLIS COEURS DANS TON GENRE !!
DIS PAS QUE T'ÉTAIS PAS AU COURANT !
C'EST... C'EST PAS POSSIBLE...
JE SUIS... J'ÉTAIS... MALCOLM, LE HÉROS !!
ET ATTENDS LA SUITE... D'AUTANT QUE CE N'EST PAS DOUBLÉ !
IL N'Y A PAS DE TRUCAGES DISCRETS COMME DANS TES PUTAINS D'AVENTURES !!
LES COUPS QUE TU PRENDS MAINTENANT...
C'EST POUR DE BON !
GRRRRRRRR !!
J'COMMENCE À EN AVOIR...
ASSEZ !!
VOUS ALLEZ TOUS ALLER VOUS FAIRE VOIR AILLEURS !

Malcolm, malcolm ! ignores-tu encore que la violence ne résoud rien, jamais !!

# Epilogue

APPAREMMENT POUR MALCOLM, SON RETOUR VENGEUR ET TRIOMPHAL AU PAYS ROSE A MAL TOURNÉ...
POURQUOI DONC ES-TU REVENU, MALCOLM ?! QU'EST-CE QUE JE VAIS BIEN POUVOIR FAIRE DE TOI MAINTENANT ?!

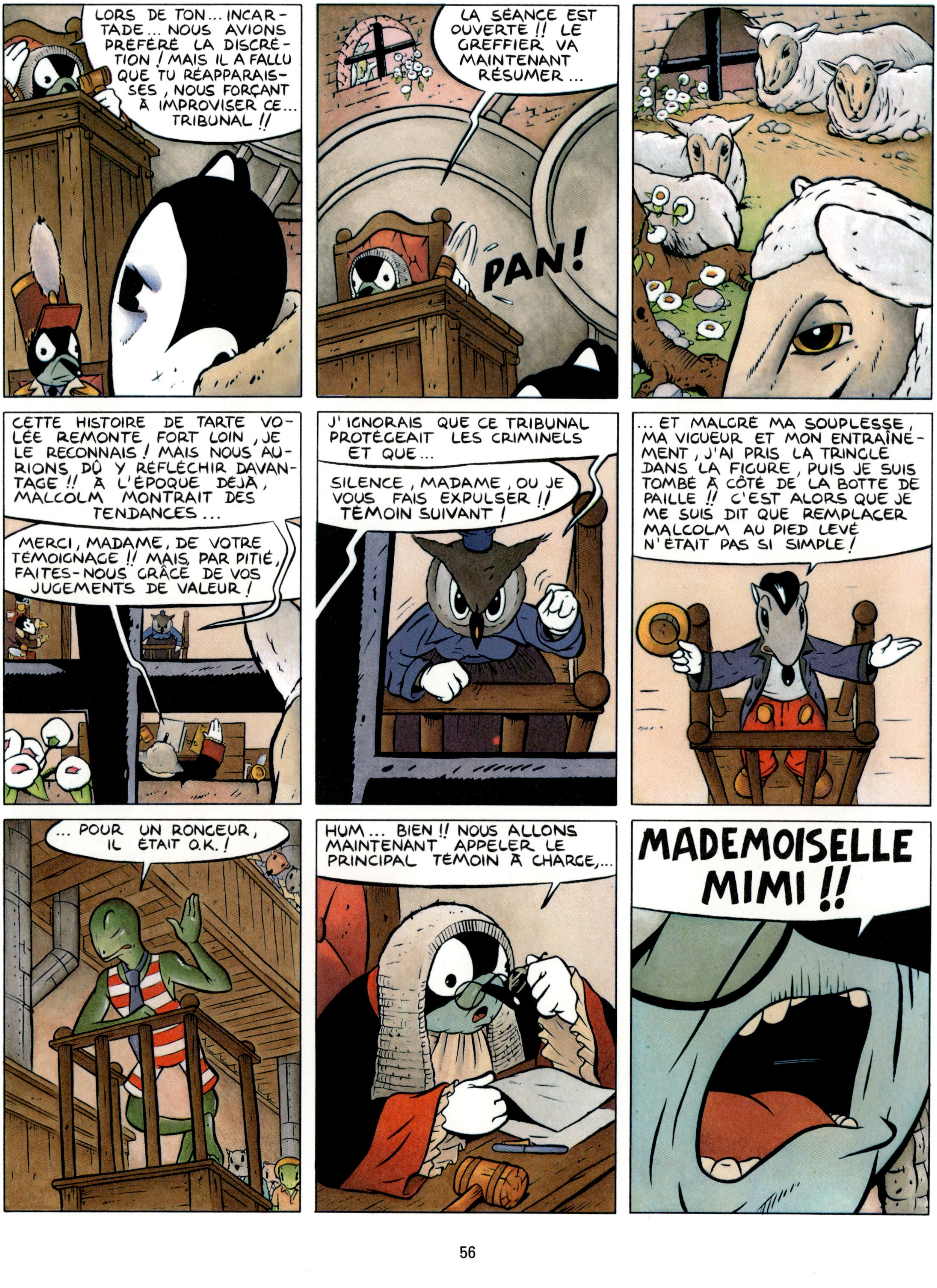
LORS DE TON... INCARTADE... NOUS AVIONS PRÉFÉRÉ LA DISCRÉTION ! MAIS IL A FALLU QUE TU RÉAPPARAISSES, NOUS FORÇANT À IMPROVISER CE... TRIBUNAL !!
LA SÉANCE EST OUVERTE !! LE GREFFIER VA MAINTENANT RÉSUMER...
PAN !
CETTE HISTOIRE DE TARTE VOLÉE REMONTE FORT LOIN, JE LE RECONNAIS ! MAIS NOUS AURIONS DÛ Y RÉFLÉCHIR DAVANTAGE !! À L'ÉPOQUE DÉJÀ, MALCOLM MONTRAIT DES TENDANCES...
MERCI, MADAME, DE VOTRE TÉMOIGNAGE !! MAIS, PAR PITIÉ, FAITES-NOUS GRÂCE DE VOS JUGEMENTS DE VALEUR !
J'IGNORAIS QUE CE TRIBUNAL PROTÉGEAIT LES CRIMINELS ET QUE...
SILENCE, MADAME, OU JE VOUS FAIS EXPULSER !! TÉMOIN SUIVANT !
... ET MALGRÉ MA SOUPLESSE, MA VIGUEUR ET MON ENTRAÎNEMENT, J'AI PRIS LA TRINGLE DANS LA FIGURE, PUIS JE SUIS TOMBÉ À CÔTÉ DE LA BOTTE DE PAILLE !! C'EST ALORS QUE JE ME SUIS DIT QUE REMPLACER MALCOLM AU PIED LEVÉ N'ÉTAIT PAS SI SIMPLE !
... POUR UN RONGEUR, IL ÉTAIT O.K. !
HUM... BIEN !! NOUS ALLONS MAINTENANT APPELER LE PRINCIPAL TÉMOIN À CHARGE,...
MADEMOISELLE MIMI !!

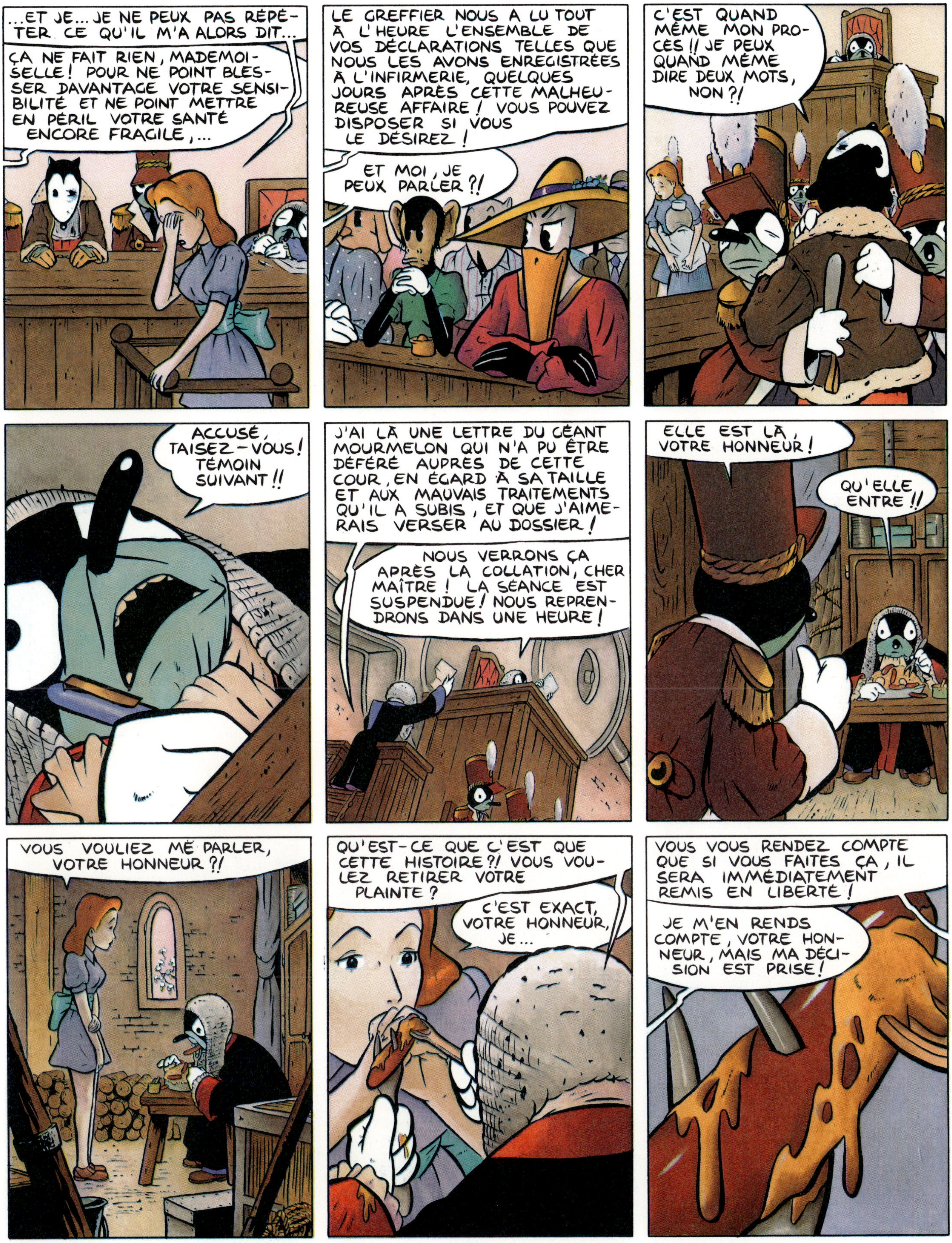
...ET JE... JE NE PEUX PAS RÉPÉTER CE QU'IL M'A ALORS DIT...
ÇA NE FAIT RIEN, MADEMOISELLE ! POUR NE POINT BLESSER DAVANTAGE VOTRE SENSIBILITÉ ET NE POINT METTRE EN PÉRIL VOTRE SANTÉ ENCORE FRAGILE, ...
LE GREFFIER NOUS A LU TOUT À L'HEURE L'ENSEMBLE DE VOS DÉCLARATIONS TELLES QUE NOUS LES AVONS ENREGISTRÉES À L'INFIRMERIE, QUELQUES JOURS APRÈS CETTE MALHEUREUSE AFFAIRE ! VOUS POUVEZ DISPOSER SI VOUS LE DÉSIREZ !
ET MOI, JE PEUX PARLER ?!
C'EST QUAND MÊME MON PROCÈS !! JE PEUX QUAND MÊME DIRE DEUX MOTS, NON ?!
ACCUSÉ, TAISEZ-VOUS ! TÉMOIN SUIVANT !!
J'AI LÀ UNE LETTRE DU GÉANT MOURMELON QUI N'A PU ÊTRE DÉFÉRÉ AUPRÈS DE CETTE COUR, EN ÉGARD À SA TAILLE ET AUX MAUVAIS TRAITEMENTS QU'IL A SUBIS, ET QUE J'AIMERAIS VERSER AU DOSSIER !
NOUS VERRONS ÇA APRÈS LA COLLATION, CHER MAÎTRE ! LA SÉANCE EST SUSPENDUE ! NOUS REPRENDRONS DANS UNE HEURE !
ELLE EST LÀ, VOTRE HONNEUR !
QU'ELLE ENTRE !!
VOUS VOULIEZ ME PARLER, VOTRE HONNEUR ?!
QU'EST-CE QUE C'EST QUE CETTE HISTOIRE ?! VOUS VOULEZ RETIRER VOTRE PLAINTE ?
C'EST EXACT, VOTRE HONNEUR, JE...
VOUS VOUS RENDEZ COMPTE QUE SI VOUS FAITES ÇA, IL SERA IMMÉDIATEMENT REMIS EN LIBERTÉ !
JE M'EN RENDS COMPTE, VOTRE HONNEUR, MAIS MA DÉCISION EST PRISE !

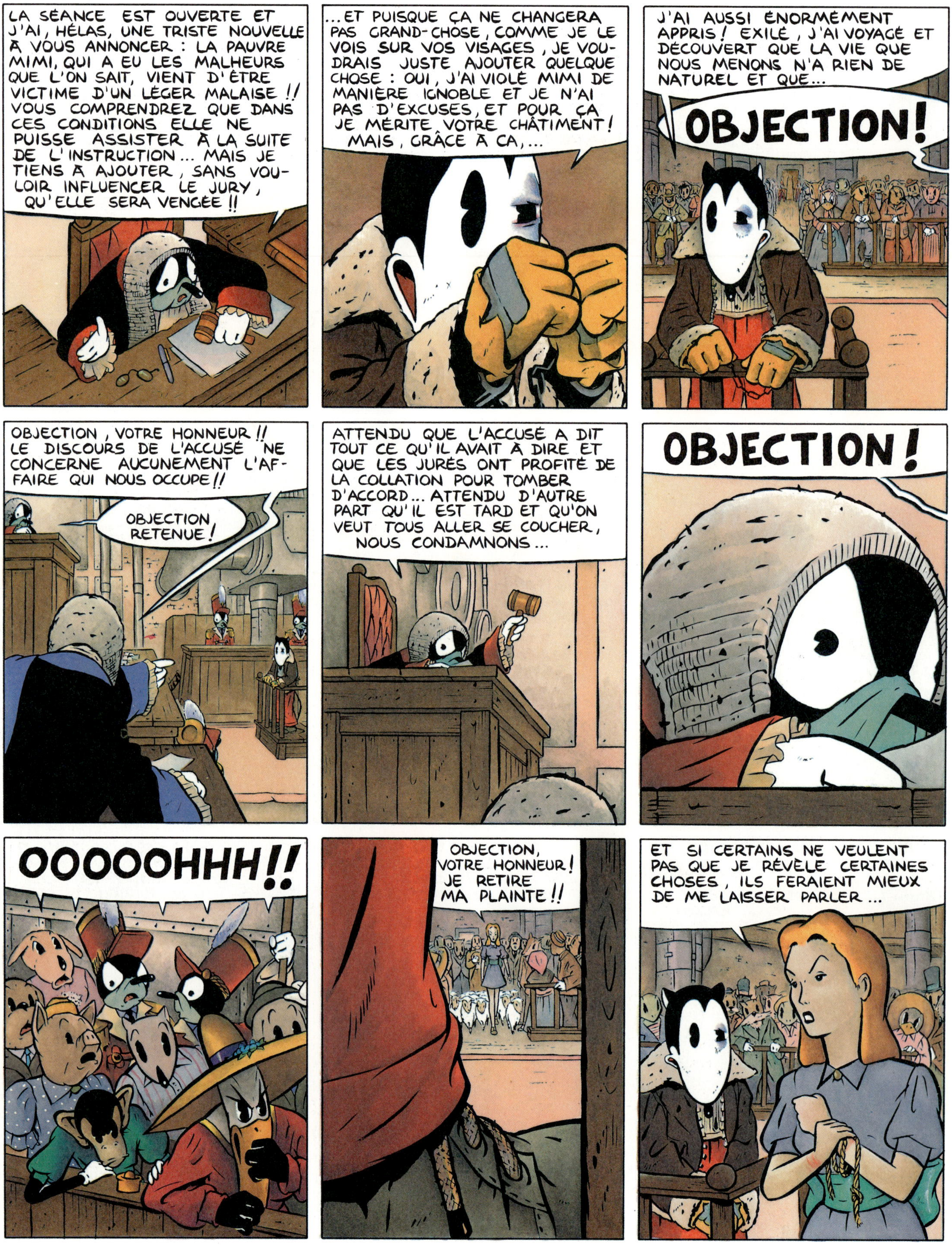
LA SÉANCE EST OUVERTE ET J'AI, HÉLAS, UNE TRISTE NOUVELLE À VOUS ANNONCER : LA PAUVRE MIMI, QUI A EU LES MALHEURS QUE L'ON SAIT, VIENT D'ÊTRE VICTIME D'UN LÉGER MALAISE !! VOUS COMPRENDREZ QUE DANS CES CONDITIONS ELLE NE PUISSE ASSISTER À LA SUITE DE L'INSTRUCTION... MAIS JE TIENS À AJOUTER, SANS VOULOIR INFLUENCER LE JURY, QU'ELLE SERA VENGÉE !!
...ET PUISQUE ÇA NE CHANGERA PAS GRAND-CHOSE, COMME JE LE VOIS SUR VOS VISAGES, JE VOUDRAIS JUSTE AJOUTER QUELQUE CHOSE : OUI, J'AI VIOLÉ MIMI DE MANIÈRE IGNOBLE ET JE N'AI PAS D'EXCUSES, ET POUR ÇA JE MÉRITE VOTRE CHÂTIMENT ! MAIS, GRÂCE À ÇA, ...
J'AI AUSSI ÉNORMÉMENT APPRIS ! EXILÉ, J'AI VOYAGÉ ET DÉCOUVERT QUE LA VIE QUE NOUS MENONS N'A RIEN DE NATUREL ET QUE...
OBJECTION !
OBJECTION, VOTRE HONNEUR !! LE DISCOURS DE L'ACCUSÉ NE CONCERNE AUCUNEMENT L'AFFAIRE QUI NOUS OCCUPE !!
OBJECTION RETENUE !
ATTENDU QUE L'ACCUSÉ A DIT TOUT CE QU'IL AVAIT À DIRE ET QUE LES JURÉS ONT PROFITÉ DE LA COLLATION POUR TOMBER D'ACCORD... ATTENDU D'AUTRE PART QU'IL EST TARD ET QU'ON VEUT TOUS ALLER SE COUCHER, NOUS CONDAMNONS...
OBJECTION !
OOOOOHHH !!
OBJECTION, VOTRE HONNEUR ! JE RETIRE MA PLAINTE !!
ET SI CERTAINS NE VEULENT PAS QUE JE RÉVÈLE CERTAINES CHOSES, ILS FERAIENT MIEUX DE ME LAISSER PARLER...

CE QUE TU M'AS FAIT, MALCOLM, JE NE TE L'AI PAS ENCORE PARDONNÉ, MÊME SI JE ME DEMANDE SI QUELQUE PART JE N'Y SUIS PAS UN PEU POUR QUELQUE CHOSE... ÇA FAIT BIENTÔT PLUS DE CINQUANTE ANS QUE JE TE PROMETS DAVANTAGE QU'UN BAISER POUR LE SURLENDEMAIN, CHAQUE FOIS QUE TU ME RAMÈNES À LA MAISON ! MAIS CE N'EST PAS POUR CELA QUE JE SUIS LÀ ! ÇA, C'EST NOTRE HISTOIRE, ET NOUS LA RÉGLERONS ENSEMBLE !!
QUAND J'ÉTAIS ALITÉE, J'AI BEAUCOUP RÉFLÉCHI ET PUIS ON M'A FAIT PART D'UN CERTAIN NOMBRE DE BRUITS QUI CIRCULENT DEPUIS TON RETOUR, ET VOILÀ CE QUE JE VEUX VOUS DIRE, À TOUS : IL FAUT QUE NOUS CHANGIONS NOTRE MANIÈRE DE VIVRE !! TANT PIS POUR LES PANIERS-REPAS ET LES LOGEMENTS GRATUITS, POUR LES JOLIS VÊTEMENTS, POUR LE CIEL TOUJOURS ROSE ET POUR LE FAIT QUE NOUS NE VIEILLISSIONS JAMAIS !!
TANT PIS POUR NOTRE BONHEUR QUI N'EN EST PAS UN !! NOUS VIVONS UNE EXISTENCE MOLLE ET ASEPTISÉE QUI, POUR CERTAINS, CONFINE AU DRAME... DEMANDEZ DONC À SOSTHÈNE LE HÉRISSON COMMENT VONT SES MAINS ?!
BEN... J'AI TOUJOURS UN PEU D'ECZÉMA À CAUSE DE CES SACRÉS GANTS BLANCS QU'ON N'A PAS LE DROIT DE QUITTER !
ET MARIA, TOI QUI DIRIGES LE BALLET DES COLOMBES, QU'EST-CE QUE TU M'AS RACONTÉ HIER ?!
JE NE VEUX PAS DIRE DE MAL, MAIS J'AI DES PROBLÈMES D'IRRITATIONS CONTINUELLES À L'AINE, COMME TOUTES MES CONSOEURS, À CAUSE DE L'ALAISE DE VOL QU'ON A TOUJOURS PENDANT LES EXERCICES AÉRIENS, POUR ÉVITER QUE NOS BESOINS NE TOMBENT PAR TERRE...
C'EST GROTESQUE !! TOUTE CETTE HISTOIRE EST HORS SUJET !
TAISEZ-VOUS OU JE RACONTE L'HISTOIRE DE LA CAVE !!
BRAVO, MA PETITE !! VOUS DEVRIEZ FAIRE DU THÉÂTRE ! C'EST TRÈS RÉUSSI ! ÇA FAIT, COMME ON DIT, TRÈS... AUTHENTIQUE !
FERME-LA, TOI !! OU ALORS JE RACONTE CE QUE TU FRICOTES AU PAYS GRIS !

AU PAYS GRIS ?!
IL DÉLIRE, LE PAUVRE ! IL FAUT QU'IL SE SOIGNE, QU'IL SE REPOSE...
PARDONNE-MOI, MIMI ! DANS UN MOMENT DE DÉSESPOIR, J'AI... J'AI COPULÉ AVEC CETTE CRÉATURE...
JE TE PARDONNE, MALCOLM !
TOUT ÇA COMMENCE À BIEN FAIRE !! JUGE, DITES À VOS ZOBOS DE DÉGAGER LA SALLE ET D'INCARCÉRER CES DEUX-LÀ, AU NOM DE L'HOMME À LA MOUSTACHE !
QUI ÇA ?!
QUI C'EST ÇA ?!
QUI C'EST, L'HOMME À LA MOUSTACHE ?
AU NOM DE L'HOMME À LA MOUSTACHE, MES ZOBOS, CHARGEZ !!
MORT AUX ZOBOS !!
À BAS CROTELLA !
VIVE MIMI ! VIVE MALCOLM !!
FIN